這本可愛的小書是屬於

的！

_____

國家圖書館出版品預行編目資料

把星星藏起來－第一次自己住外婆家 / 劉瑪玲著;
裴蕾繪.－－初版一刷.－－臺北市：三民，2005
面； 公分.－－(兒童文學叢書.第一次系列)

ISBN 957-14-4213-5 (精裝)

850

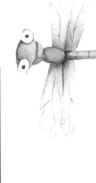

網路書店位址 http://www.sanmin.com.tw

© 把星星藏起來

—— 第一次自己住外婆家

著作人 劉瑪玲
繪 者 裴蕾
發行人 劉振強
著作財
產權人 三民書局股份有限公司
臺北市復興北路386號
發行所 三民書局股份有限公司
地址／臺北市復興北路386號
電話／(02)25006600
郵撥／0009998-5
印刷所 三民書局股份有限公司
門市部 復北店／臺北市復興北路386號
重南店／臺北市重慶南路一段61號
初版一刷 2005年2月
編 號 S 856851
定 價 新臺幣貳佰元整
行政院新聞局登記證局版臺業字第○二○○號

ISBN 957-14-4213-5 (精裝)

記得當時年紀小

（主編的話）

　　我相信每一位父母親，都有同樣的心願，希望孩子能快樂的成長，在他們初解周遭人事、好奇而純淨的心中，周圍的一草一木，一花一樹，或是生活中的人情事物，都會點點滴滴的匯聚出生命河流，那些經驗將在他們的成長歲月中，形成珍貴的記憶。

　　而人生有多少的第一次？

　　當孩子開始把注意力從自己的身體與家人轉移到周圍的環境時，也正是多數的父母，努力在家庭和事業間奔走的時期，孩子的教養責任有時就旁落他人，不僅每晚睡前的床邊故事時間無暇顧及，就是孩子放學後，也只是任他回到一個空大的房子，與電視機為伴。為了不讓孩子的童年留下空白，也不願自己被忙碌的生活淹沒，做父母的不得不用心安排，這也是現代人必修的課程。

　　三民書局決定出版「第一次系列」這一套童書，正是配合了時代的步調，不僅讓孩子在跨出人生的第一步時，能夠留下美好的回憶，也讓孩子在面對起起伏伏的人生時，能夠步履堅定的往前走，更讓身為父母親的人，捉住了這一段生命中可貴的片段。

　　這一系列的作者，都是用心關注孩子生活，而且對兒童文學或教育心理學有專精的寫手。譬如第一次參與童書寫作的劉瑪玲，本身是畫家又有兩位可愛的孫兒女，由她來寫小朋友第一次自己住外婆家的經驗，讀之溫馨，更忍不住發出莞爾。年輕的媽媽宇文正，擅於散文書寫，她那細膩的思維和豐富的想像力，將母子之情躍然紙上。主修心理學的洪于倫，對兒童文學與舞蹈皆有所好，在書中，她描繪朋友間的相處，輕描淡寫卻扣人心弦，也反映出她喜愛動物的悲憫之心。謝謝她們三位加入為小朋友寫書的行列。

1

當然也要感謝童書的老將們，她們一直是三民童書系列的主力。散文高手劉靜娟，她善於觀察那細微的稚子情懷，以熟練的文筆，娓娓道來便當中隱藏的親情，那只有媽媽和他知道的祕密。

　　哪一個孩子對第一次上學不是充滿又喜又怕的心情？方梓擅長書寫祖孫深情，讓阿公和小孫子之間的愛，克服了對新環境的懼怕和不安。

　　還記得寫《奇奇的磁鐵鞋》的林黛嫚嗎？這次她寫出快被人遺忘的回娘家的故事，親子之情真摯可愛，值得珍惜。

　　王明心和趙映雪都是主修幼兒教育與兒童文學的作家。王明心用她特有的書寫語言，讓第一次離家出走的兵兵，幽默而可愛的稚子之情，流露無遺。趙映雪所寫的雲霄飛車，驚險萬分，引起了多少人的回憶與共鳴？那經驗，那感覺，孩子一輩子都忘不了，且看趙映雪如何把那驚險轉化為難忘的回憶。

　　李寬宏是唯一的爸爸作者，他在「音樂家系列」中所寫的舒伯特，廣受歡迎；在「影響世界的人」系列中，把兩千五百歲的酷老師──孔子描繪成一副顛覆傳統、令人印象深刻的形象，更加精彩。而在這次寫到第一次騎腳踏車的書中，他除了一向的幽默風趣外，更有為父的慈愛，千萬不能錯過。我自己忝陪末座，記錄了小兒子第一次陪媽媽上學的經驗，也希望提供給年輕的媽媽，現實與夢想可以兼顧的參考。

　　我們的童年已遠，但從孩子們的「第一次」經驗中，再次回到童稚的歲月，這真是生命中難忘而快樂的記憶。我希望每一位父母都能與孩子一起走回童年，一起讀書，共創回憶。這也是我多年來，主編三民兒童文學叢書，一直不變的理想。

2

　　孩子童稚的笑聲，可愛的童言童語和天真的一舉一動，是最迷人也是最使祖父母笑口常開的快樂泉源。

　　未滿五歲的安祖，就要上幼稚園了，做為祖父母的我們，送他的禮物就是在他開學前，邀他獨自一個人來與我們共渡三個星期的假期。沒想到，在這三星期假期中，從他的眼中，我們發現了身邊最平凡最細微的小事，也充滿樂趣，更使我們重拾了久違的童心。這三星期反而成了他送給我們的最好禮物。

　　他抵達後，對著我們花了很多時間和金錢選購的玩具視若無睹，反而對後院的一草一木興趣盈然。每天早上到後院池塘餵魚是他的最愛，小徑上的小石子成了他的天然玩具，石縫中的小昆蟲和池塘裡的小魚，還有樹上飛翔的鳥兒都成了他的朋友。他花很多時間，比較松針和楓葉的不同，從接觸大自然中，孩子可以這麼快樂，這樣專注，也給了我們很多單純的快樂。

　　也許是年歲漸長，生活的步調比以前從容，看著年輕的父母，每天為工作與家庭忙碌，下了班忙兒女忙家事，除了接送之外還有孩子各種才藝與球類活動要參與，看在我們眼中，在欣喜下一代的能幹之餘，更是心疼他們內外兼顧的辛苦。想起自己當年雖也是這樣為兒為女，忙得不可開交，可是到了暑假，帶著孩子回臺灣渡假，與祖父母共享快樂的暑期，是他們成長後，至今都念念不忘的童年回憶。

　　記得當年帶孩子回臺與爺爺奶奶、外公外婆

歡聚的快樂時光，爺爺奶奶家住木柵，門前的小溪、小魚、小螃蟹都成了他們童年的回憶。外婆外公新店住家的後院裡，高大的木瓜樹和鄰家的雞叫聲，使在美國長大的兒女，有機會接近鄉居的大自然生活。等到孩子們長大後，也做了父母親，過著遠離親人的獨立小家庭生活，家庭與事業要兼顧，孩子活動與才藝教育不能忽略，使身為祖父母的我們，也只有隨時張開雙臂，給予下一代支援，歡迎孫輩給予我們的弄孫之樂。

　　這篇小文就是在自己升任「祖」字輩之後的一段快樂經驗，每一個孩子都只有一個童年，在孩子純淨的心中，童年的記憶，將永遠留下銘記，不會隨著時光的流逝而消失。

　　在此也祝福小朋友們永遠保留著一顆純真的心，快快樂樂的成長，享受溫馨的天倫之樂。

劉瑪玲

把星星藏起來

第一次自己住外婆家

劉瑪玲 / 著

裴　蕾 / 繪

安安的外婆住得好遠，
五歲的安安和爸爸媽媽，
還有兩歲的妹妹常常要坐
三小時的飛機才能到外婆家。
　安安喜歡坐大飛機，飛得
又高又快，穿過白雲，
藍藍的天空，好寬好大，
地上的河流、房子、汽車、
馬路看起來都變得好小了。

3

暑假的時候，
安安第一次
一個人，到外婆家
住三星期。

安安喜歡坐飛機
到外婆家。

安安問外婆：「這是什麼魚？」

外婆說：「你仔細看，嘴巴有兩條鬍鬚的是錦鯉，沒有鬍鬚的是金魚，而且嘴巴比較小，也比較怕羞，錦鯉不怕人。」

安安聽得嘴巴張得好大，
外婆又說：「安安要不要試試看？
把手放在池塘邊，錦鯉會來親
你的手喔！」
　　許多魚圍著安安的小手，
　　　他們都成了安安的好朋友。
　　　　安安好喜歡外婆家的魚。

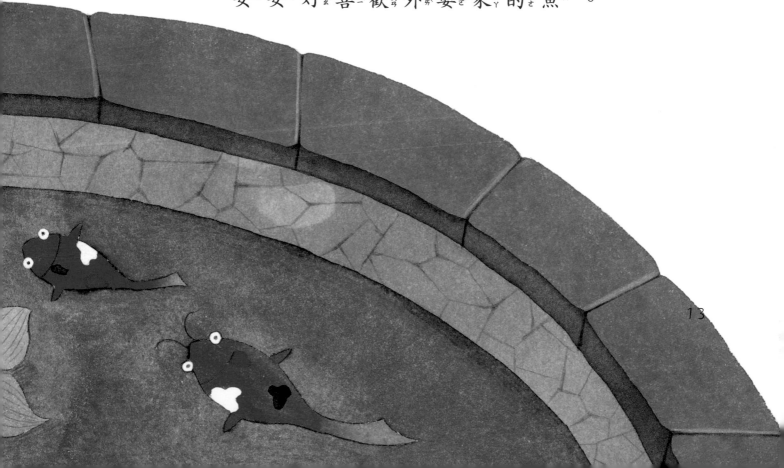

　　忽然，安安發現池面上有好多
一堆堆小小圓圓的透明東西，
外婆說:「那是青蛙蛋，過些
時候就會變成水裡游的小蝌蚪，
長大就是會叫會跳的小青蛙了。」

外婆發現時，整盒蛋汁都澆在桌子上、椅子上、地上，安安的手上、臉上，還有滿身滿地到處都是。

　　從此ㄘ，外ㄨㄞ婆ㄆㄛ就ㄐㄧㄡ叫ㄐㄧㄠ安ㄢ安ㄢ「皮ㄆㄧ耶ㄧㄝ，皮ㄆㄧ耶ㄧㄝ，小ㄒㄧㄠ皮ㄆㄧ蛋ㄉㄢ」。

　　安ㄢ安ㄢ每ㄇㄟ幫ㄅㄤ外ㄨㄞ婆ㄆㄛ做ㄗㄨㄛ事ㄕ，也ㄧㄝ叫ㄐㄧㄠ自ㄗ己ㄐㄧ「皮ㄆㄧ耶ㄧㄝ，皮ㄆㄧ耶ㄧㄝ，小ㄒㄧㄠ皮ㄆㄧ蛋ㄉㄢ」。

19

每天睡覺前，外婆都會講故事給安安聽，還教安安寫中文，唱歌，畫畫。

外婆準備了一張大月曆，
每天晚上安安可以貼上一個
星星，等貼滿二十一個星星，
安安就要回家了。

安安在外婆家好快樂，他想
把星星藏起來，安安不想那麼快
回家。他還沒有看到小蝌蚪
變青蛙呢。

25

安安一直想著
把星星藏起來，
把星星藏在冰箱裡？
衣櫥裡？書架上？
書桌下？
安安每天想呀
想呀，都想不到
可以藏星星的地方。

26

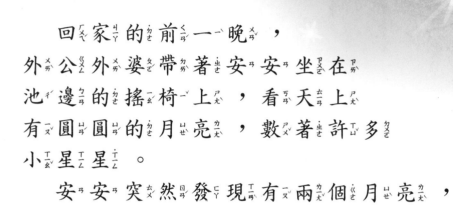

回家的前一晚，
外公外婆帶著安安坐在
池邊的搖椅上，看天上
有圓圓的月亮，數著許多
小星星。

安安突然發現有兩個月亮，
一個在天上，一個在池塘，
可是天上的星星，
在池塘裡一個
也找不到。

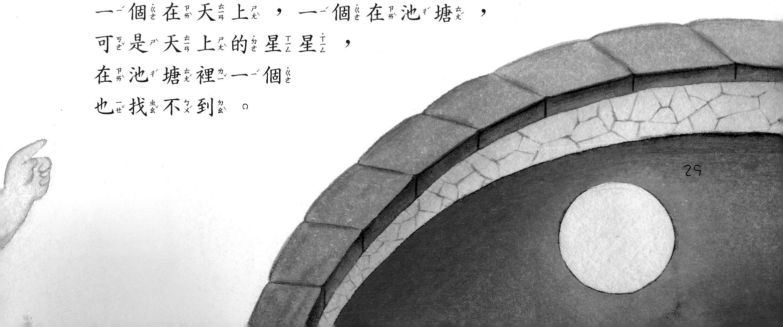

29

安安笑了，
安安好高興，
「我把星星藏起來了。」

外婆笑著說：「星星都躲到你的口袋裡，要陪你一起坐飛機回家陪妹妹玩了。」

寫書的人

劉瑪玲

世界新聞學院廣電科畢業。赴美前曾向林賢靜與邵幼軒女士學習國畫，專習花卉翎毛。1968年赴美後，繼續進修，學習西畫技巧與畫評比較，並舉辦多次個人畫展，參加畫會年會展，並獲得銀行收藏獎及畫會年展獎等榮譽。

劉瑪玲從小喜愛花卉與繪畫，她的生活與藝術息息相聯，除了曾經開設中國藝品畫廊外，基於對中華文物及藝術的喜愛，多年來一直在北卡州立大學工藝中心、嘉麗喬頓藝術中心教授國畫，近年來並將國畫推廣至中文學校及社區教學，喜歡與當地人士分享中華藝術文化。

劉瑪玲除教畫外，閒時喜愛旅行、蒔花及庭園設計。最快樂的事是與結婚已三十多年的丈夫及孫輩共享天倫之樂。當然能為小朋友寫書是當了祖母之後最大的收穫，希望能與更多的朋友共享童心童趣。

畫畫的人

裴蕾

小時候她睜大著眼睛，最喜歡聽媽媽講「小雪人」的故事……

如今她也做了媽媽，她不僅像她媽媽一樣，每天給女兒講美麗的童話故事，並且天天伏在寫字桌上，畫呀畫的。畫出一本本的圖畫書給更多的小朋友看，有胖胖的鵝大哥、笨笨的豬小弟、精明的狐狸妹妹和撲哧撲哧喜歡自由自在飛翔的小鳥……

安安外婆家的後院有兩個大池塘，池塘裡有好多大大小小的魚，他們都變成了安安的好朋友。安安好喜歡外婆家的魚。你呢？你喜不喜歡魚？想不想和魚兒交朋友？現在，請準備以下的材料，動手做做看，你也可以在家養一缸可愛的魚朋友喔！

準備材料

各色粉彩紙、五十元硬幣或其他圓形的器物、剪刀、膠水、面紙盒、針線。

進行步驟

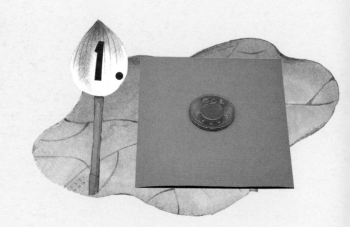

(1)在粉彩紙上描出一個圓形。將圓形圖案剪下來。

(2)用剪刀剪出一個扇形。

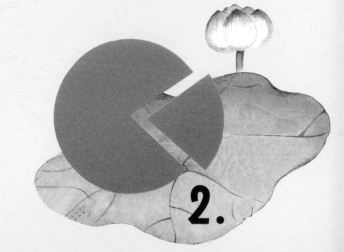

(3)將剪下的扇形貼上。用彩
色筆畫出魚兒的眼睛、魚
鱗。

可以用不同顏色的粉彩紙，做出不同顏色的魚兒。再將
這些魚兒用針線串在面紙盒裡，這樣就可以擁有一缸可
愛的魚朋友囉！

兒童文學叢書
・第一次系列・

童年無法NG，生命不能重來

三民書局最新出版

兒童文學叢書・第一次系列・

提供孩子生活所需的智慧維他命，

與孩子共享生命中的成長初體驗！

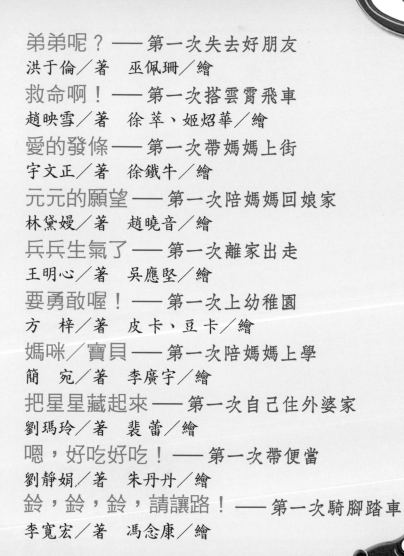

兒童文學叢書

影響世界的人

在沒有主色，沒有英雄的年代

為孩子建立正確的方向

這是最佳的選擇

一套十二本，介紹十二位「影響世界的人」，看：

釋迦牟尼、耶穌、穆罕默德如何影響世界的信仰？

孔子、亞里斯多德、許懷哲如何影響世界的思想？

牛頓、居禮夫人、愛因斯坦如何影響世界的科學發展？

貝爾便利多少人對愛的傳遞？

孟德爾引起多少人對生命的解讀？

馬可波羅激發多少人對世界的探索？

他們，

足以影響您的孩子──

去影響世界的未來